La isla del doctor Schubert

La isla del doctor Schubert

Karina Sainz Borgo

Lumen

narrativa

Primera edición: marzo de 2023

Printed in Spain – Impreso en España

ISBN: 978-84-264-2453-2
Depósito legal: B-1.014-2023

Compuesto en M. I. Maquetación, S. L.
Impreso en Macrolibros, S. L. (Valladolid)

H 4 2 4 5 3 2

A Tristán y los forasteros,
esta pausa entre un monstruo y el siguiente.

Somos como el narrador en tercera persona de una novela [...]: es él el que decide y cuenta [...]. Se ignora por qué sabe lo que sabe y por qué omite lo que omite.

JAVIER MARÍAS, *Berta Isla*

Un libro debe ser el hacha que rompa el mar helado dentro de nosotros.

FRANZ KAFKA, carta a Oskar Pollak

Anochece en el Savöy

El doctor Schubert atravesó el vestíbulo del Savöy con la lentitud de los hombres que capitanean barcos de plata. Se deshizo de su abrigo y ordenó servir una copa de tequila con pólvora a sus invitados. Ante un patio de sillas blancas, el berlinés se abrió paso entre los corrillos. En algunos se detuvo a saludar, en otros relató detalles sobre sus excursiones para sembrar la paz ajena, un tema al que dedica casi toda la jornada y que los cronistas insulares describen como asuntos de expedicionarios.

A las siete de una tarde sin campanas, reunidos en aquel local de expendio de libros con nombre de hotel literario, los nobles, rentistas y aristócratas del archipiélago celebraron las historias de su anfitrión. Las gestas del doctor Schubert los diluyeron como a un terrón de azúcar al entrar en contacto con el agua caliente. Se olieron y se buscaron. Enhebrados por la saliva de sus palabras, escucharon hasta hervir. Acabaron besándose de un arponazo.

Recién llegada desde el puerto de San Marcos, la intérprete y copista de los cantos de sirena permaneció ajena a los disparos de deseo de los comensales. Ese apetito a quemarropa le resultó magnético, primitivo, delicioso, paralizante. El Adriático no arde, el mar de Schubert sí. Es la hornilla que dibuja una llama azul alrededor de cada isla. Es el deseo que sobrepasa a la desesperación y el fuego que prende en quien lo evoca.

Dos noches en la isla eran pocas aún para entender los accidentes que sufren la piel y la razón cuando la brisa sacude los estambres de las flores y las lagartijas se rozan contra el tronco de los árboles. Ante el ojo humano parecen solo sargantanas enredadas unas con otras, pero dentro de sus cuerpos late una bomba de llanto atrasado. En los jardines del doctor Schubert, en las cuevas y arrecifes de su mar balear, lo vivo desea y despedaza. Arrastra e incendia la hebra de cada olivo y el último poro de la piel de los forasteros.

A la manera de la leyenda del gigante que llegó desde Argelia para fundar la isla con una cesta de tierra apoyada sobre su cabeza, la intérprete y copista atravesó el vestíbulo del Savöy calzada sobre barcas. Tropezó con el doctor Schubert, que encendía un cigarrillo ayudándose con una carta náutica prendida en fuego. Enceguecida por el resplandor, la intérprete perdió el equilibrio y dejó caer su bolso al suelo.

Cincuenta aljófares se esparcieron por las baldosas del Savöy de la misma forma en que la tierra del gigante lo hizo sobre el mar en la vieja leyenda argelina. El berlinés cogió una perla junto a la punta de su zapato y la saboreó para comprobar si la falsa era la joya o la intérprete. Tenían razón los patrones de los pesqueros de San Marcos: su parecido con el capitán Trotta era asombroso. La copista miró las perlas dispersas sobre el suelo. Como si ella misma fuese el hilo del collar, las vio unirse de nuevo a sus pies hasta formar un montículo que Schubert recogió haciendo un cuenco con sus manos.

La copista abandonó el Savöy sin despedirse. Buscó un alojamiento con ventanas y pagó por adelantado nueve semanas de estancia. Desplegó un atlas para recomponer los vientos que cruzan el archipiélago, estudió a fondo la vida de Hércules, el soportador de trabajos, y contactó a las ninfas de los ríos y las fuentes que un argentino ciego describió en manuales fantásticos. Quiso saberlo todo de Schubert, la isla y sus náufragos.

La primera de sus cuarenta noches de vigilia, una lagartija negra amaneció a los pies de la cama. La guardó en un bote de cristal y la alimentó con sus pestañas. Las arrancó todas para hacerlas crecer con sus insomnios.

Desde entonces hasta la primera batalla abisal, no cejó en su intento de contar cuanto habría de ocurrir. En la libreta que sobrevivió a la tormenta final, pueden leerse aún las primeras notas de esos días.

«El doctor Schubert desconcierta como una mujer que cruza las piernas vestida con una falda tejida con serpientes». El agua desdibujó algunas letras, pero aún se distinguen las palabras de la frase original. Al leerla, los filólogos de todos los puertos la acusaron de plagio. Insistieron en que la había robado de los recuerdos de las sirenas a las que tradujo durante siglos. Solo las cetáceas que dan la vuelta al globo terráqueo son capaces de atar víboras y hombres a su cintura.

El tribunal balear acabó pronunciándose a su favor: las mujeres de mar, incluidas las hijas de los ahogados, sueñan con escamas. Aportaron como prueba los grabados de la guardiana del paso de Mesina, un ser de seis cabezas con doce perros salvajes amarrados alrededor del talle. La metamorfosis, ocasionada por una venganza de desamor, la convirtió en el monstruo más temido de las Rocas Errantes, una amante sepultada bajo siglos de múrices.

Absuelta de cualquier difamación, la intérprete y copista escondió sus dietarios. Rehízo el mapa que cruzan los navegantes, violagambistas y demás criaturas en trance de crucifixión. Para vencer en su intento de contarlo todo, la intérprete pidió a los abisales la verdad sobre la tumba de un marino y el secreto bajo la piel de Schubert, el hombre más vivo que alguien haya visto jamás.

Así escribió la historia de la isla y su dueño, el capitán que cruza un mar sin viento y colecciona luciérnagas sujetándolas con chinchetas por el solo placer de verlas apagarse. Guiada por las voces de las sirenas, ondinas y lamias a las que el mar apartó por haber perdido la razón, la copista recompuso la vida de un hombre que, en ocasiones, se repliega al contacto con otro ser vivo, alguien que es soñado varias veces por el mismo soldado que no desea acudir a la batalla.

La intérprete dejó por escrito la vida del navegante educado por un centauro, el último secesionista berlinés, expedicionario y cirujano que zarpó sin argonautas de un portal de la calle Lagasca. Encuadernada en silencio, *La isla del doctor Schubert* es la bitácora de un paraíso... para quienes consiguen soportarlo. Sus páginas están escritas contra el viento, y si los renglones a veces se quiebran es porque la prosa se marea cuando alguien la recita en tacones.

La amanuense llegó a la isla buscando a un náufrago, pero encontró al húsar que vino del invierno. Viajó atando los cabos de un padre muerto. En su lugar, halló a Schubert: una criatura pintada en óleo sobre cobre, un hombre que despierta la sed en quienes lo miran, un personaje de cuyo pecho parte el kilómetro cero de una isla que la intérprete se propuso contar, aunque del intento quedara, apenas, este puñado de sal.

Bienvenidos a la isla del doctor Schubert.

Schubert
(La posibilidad de una isla, mientras llega la guerra)

El naufragio del Persiles

Se hizo intérprete y copista sin desearlo. Tras la muerte de toda la tripulación del Persiles, el pesquero del que su padre era patrón, su madre perdió el habla. Durante veinticuatro noches rasgó con sus uñas el mapa del archipiélago de San Simón, que el armador envió para certificar el lugar donde la tormenta había destruido la embarcación. Al amanecer del día veinticinco, la viuda se colgó del campanario de la única iglesia del pueblo. Su cuerpo se balancea aún como un bagazo cubierto con un camisón.

Creció rodeada de mujeres que teñían de negro sus vestidos de boda y primera comunión. Padres, maridos, hermanos e hijos que no regresaron a tierra firme y por los que ellas guardaban un luto antiguo, tejidas en un parentesco desgraciado. Las palabras de los ahogados la arrastraron a los mares y archipiélagos del mundo. Sorda por el desgarro de las velas de los barcos, salió a buscar los restos del Persiles. Para orientarse, pidió ayuda a los marineros del puerto de San Marcos. Ellos, que sabían de leones y otras bestias aladas, la instruyeron en la travesía.

La intérprete cortó su cabello y aceptó por equipaje un saco de tela. A cambio de remendar las redes de sus barcos, los venecianos le hablaron de los archipiélagos de la Tierra del Fuego, los puertos de las islas volcánicas, los de las islas de las Especias y las islas Sándwich del Sur. Dijeron cosas acerca de la celda de un pianista, también de las salinas de Araya y los arrecifes de Cubagua, aquel islote del Caribe en el que un genovés encontró mil doscientas peregrinas durante su tercer viaje al fin del mundo.

Instruida por los navegantes que la dejaron subir a sus naves como último gesto de gratitud con el patrón del Persiles, la amanuense viajó hasta el sur de Irlanda, un puerto al que van a parar los poetas de piel morena cuando los abandonan las musas y en el que una tormenta volcó el barco donde ella viajaba hacia el Atlántico. Atrapada entre olas de veinte metros, entendió que el océano sumerge las alturas. Braceó para permanecer viva en la oscuridad.

Arrastrada por las corrientes, llegó al psiquiátrico donde curaron a las primeras sirenas y al que aún acuden las ondinas aturdidas por el sonido de las monedas que los turistas arrojan al mismo tiempo en todas las fuentes del mundo. Ahí la alimentaron, le dieron cama, consuelo, una bolsa con cincuenta perlas y un par de zapatos con cuña. A cambio de que anunciara sus mensajes en los puertos donde desembarcara, le enseñaron las lenguas del inframundo. Ahí observó el primer galeón de plata hundido y aprendió a moverse en combates en los que jamás podría luchar.

Las mareas de aquella travesía la cortaron en dos: la hicieron una sirena sin cola y una mujer sin rumbo. Una mensajera. Una copista. Una desgraciada.

Llueven medusas en la isla del doctor Schubert

En los puertos donde entregó la correspondencia de las lamias, sirenas y ondinas, la intérprete escuchó noticias de la isla del doctor Schubert, un lugar donde los dragones desovan el fuego y veranean los monstruos de mar cuando hace frío en el inframundo. Si buscaba a alguien, lo encontraría ahí, le hicieron saber las mujeres con cola de pez que merodean los desembarcaderos a los que acuden los marinos para tatuar en su espalda nuevos nombres que olvidar.

Para conseguir el mapa del islote, la intérprete ofreció a los navegantes de San Marcos cuarenta cantos de sirena traducidos a varias lenguas europeas y una bolsa con cincuenta perlas. Los venecianos aceptaron los legajos, pero devolvieron las perlas, temerosos de acabar arrastrados por ellas hasta el fondo de un mar muerto. La ayudarían, con la condición de que no acudiera a ellos nunca más. La amanuense aceptó el trato y preparó la ruta.

Viajó tres días y tres noches a bordo de un velero de contrabandistas, una tripulación formada por hombres de huesos antiguos. Todos se apellidaban Lepanto, sorbían los ojos vivos de las anguilas e interpretaban canciones tristes con sus violas de gamba. Al amanecer, le ofrecían salazón de sardina y un vaso de aguardiente que ella bebía de golpe para mantenerse alerta. Sin quitar la vista de la bolsa de tela, sobaba las perlas como las cuentas de un rosario.

Durante la travesía, se orientó siguiendo la línea del siroco impresa en la carta náutica de los venecianos, la misma con la que el doctor Schubert encendió su cigarrillo en el vestíbulo del Savöy la noche de su primer encuentro. Para espantar los campanarios que aún resonaban en su mente, la copista e intérprete veía dormir a los hombres rudos que abrazaban sus instrumentos de cuerda para soñar a horcajadas.

El marino más antiguo de la tripulación dio el grito al avistar tierra. La voz del hombre era hueca y profunda. Casi un cuerno de guerra. Al escucharlo, la copista se incorporó de golpe. Al fin tenía frente a sí la isla que trastorna a los pájaros y los forasteros. Cuando bajó del velero, hundió los pies en la arena y abrió su cuaderno para escribir todo cuanto aquel lugar contaba a gritos.

Ignorante aún de los asuntos del fuego escondido bajo el agua, examinó el color del sol cuando se derrama sobre la tarde. «Hay brillo en las criaturas de este mar», escribió ante las medusas que llueven como bofetadas sobre el puerto los domingos. El fenómeno, aunque fascinante, acaba convirtiéndose en costumbre en los predios del doctor Schubert, que siente especial aprecio por estos seres que se estampan contra los adoquines hasta convertirse en campanas de gelatina.

«El doctor Schubert controla a las medusas», apuntó la intérprete. «Él es el casero y domador de sus tentáculos. Ellas y él saben que las advertencias —al igual que lo bello y lo incierto— tornasolan. Emparentados por la electricidad, Schubert y sus aguamalas atraen y queman. Llagan incluso antes de tocarlos. Ellas, como Schubert, acarician y cauterizan. Muerden cuando él así lo desea y se esconden en los vasos de los forasteros para electrocutar su saliva».

En la isla del doctor Schubert todo ocurre en dirección contraria a la muerte. Por eso decidió quedarse: para comprobar cómo besan los hombres que duermen en el fondo del mar. «Bajo el cielo de otoño, en esta isla diluvian cicatrices. Si Schubert transpira, ellas también lo harán. Si él mira, ellas se encenderán en las profundidades del océano. En la isla del doctor Schubert ocurren cosas raras. Ha de ser la piel del berlinés cuando la roza el viento», puede leerse en el primero de los seis diarios que forman el poema escrito en medio de una guerra abisal: la cólera de la enésima mujer que convirtió en héroe a un náufrago.

Evidencias sobre la existencia del doctor Schubert

Si el mar de otoño es un vidrio color turquesa, los ojos del doctor Schubert son un cristal a punto de fosfato. Su anatomía responde a un material duradero. Aun tallado en piedra, al berlinés lo recubre una piel lisa con aspecto de pan recién horneado, ese color que luce el sol cuando rasga la oscuridad al amanecer. Su barba hace lo que la arena de una orilla: curte, embellece, inaugura. Por eso el doctor Schubert se hace mar incluso donde el agua no existe.

Se sabe poco de este cirujano y explorador que provoca huracanes en las botellas de vino. Nada en él es una verdad definitiva. El doctor Schubert dice no ver, y miente. Él lee al tacto, escribe con la yema de su dedo índice sobre la cintura de alguien más. Domina el lenguaje de los océanos y desordena las pieles de quienes alguna vez lo tocaron. En sus ojos azules reúne a los vivos y los resucitados mientras lo recubre una membrana que ahuyenta las pesadillas en los días de lluvia y ceniza roja.

Sabemos del doctor Schubert por la luz impresa en su espalda y el color de su cabello al entrar en contacto con el aire. Lo intuimos por su musculatura, que se manifiesta como un mar sin límites. Conocemos de él lo que del capitán del Orient: aunque no sople el viento, lo recorre la fiebre. Por eso quien lo narra, delira, olvida y falsea. El doctor Schubert es la isla que viaja en su barba, la línea de sombra que atraviesa su cuerpo.

Ha nacido varias veces, la última un mes de marzo del siglo pasado. Machaca ajos golpeándolos con los puños y algo en su piel tiende a la lisura de las sedas. Basta con rozarlo para comprobar la lubricidad de su anatomía. Según los cronistas del archipiélago, nadie que haya estado a pocos centímetros de alguna de las fases de su cuerpo ha conseguido mantenerse lejos.

En ocasiones, la piel del doctor Schubert enloquece. Su porte de capitán y héroe de Solferino combustiona. El calor húmedo de la isla amplifica su perfume y acorta la duración de sus palabras. Schubert, como Joseph Trotta, deserta en los silencios y combate en las pesadillas ajenas. Atrae a las avispas y a sus brazos los cubre una lengua de resina parecida a la que baña las raíces de los ficus y los almendros.

«El doctor Schubert domina los espacios sin salida y el sofoco de plumón. Conoce de memoria los nidos de las serpientes que buscan el calor en las sábanas, esa ropa de cama que a veces se arranca la tilde para abrigar las planicies que se despliegan en las alcobas. Habla el idioma de los reptiles y los pianos desafinados. Puede incluso que su tatarabuelo vienés llevara la antorcha en el funeral de Beethoven y que Stevenson titulara un poema con alguna de las partituras que sus criaturas tararean en sueños. Todo en él es una cábala, incluidos estos diarios».

La descripción, desplegada en el primer diario de la intérprete, ha dado pie a especulaciones. Las crónicas baleares certifican algunas entrevistas entre ambos. De ellas, se supone, proviene el grueso de las evidencias sobre la existencia de este hombre al que las ondinas dan por verdadero, pero del que no consta un documento definitivo. Schubert existe según el lugar desde el que se mire. Aparece y desaparece, como un gato que ríe en medio de la noche.

La primera vez que el doctor Schubert se presentó como cirujano y propietario de la isla que le legó el káiser en recompensa por su lealtad, lo hizo para ofrecer un tazón de sus sopas de invierno a un prisionero de guerra. Un sujeto que consiguió escapar de Nuncanoche, el atolón que sirvió como cárcel en tiempos de Drake. Aterido de frío, el oficial de marina se desplomó ante el berlinés. Tenía una herida de veinte centímetros en el muslo derecho.

Tras una intervención que duró dos días y medio, Schubert consiguió extraer de la pierna de aquel hombre un collar de doscientas treinta esmeraldas con incrustaciones de zafiros que el fugitivo dejó en prenda para no ser delatado en el inframundo. Desde entonces, Schubert procuró mantener en silencio los conocimientos de medicina de guerra que aprendió en el ejército del emperador. A pesar de sus aventuras, o incluso por ellas, no muestra cicatriz alguna.

A Schubert lo posee la calma de los cirujanos y la posibilidad de los equipajes, también la frialdad de los jinetes y el impulso de los caballos jamás ensillados. Al hablar de temas serios une los dedos de cada mano. Mientras enuncia la cuestión, separa y acerca la izquierda de la derecha, como si al moverlas conminara al mar de su isla a abrirse en dos para pensar mejor los asuntos sin solución. Una vez dividido en mitades, el océano deja a la vista la hendidura de una espalda sobre la inmensa playa de su cuerpo.

Insectos y forasteros en la isla del doctor Schubert

En las estancias del doctor Schubert hay una butaca de lectura, una mesa de disección de mejillones y una terraza en cuyas sillas de madera se alojan seres que permanecen durante semanas adheridos al respaldar de los asientos dispuestos para la libación, el desayuno y el recreo. Son los experimentos del berlinés, que con el paso del tiempo acabó aficionándose a las mezclas genéticas aprendidas en el imperio austrohúngaro y que perfeccionó durante sus años en las islas Borneo.

En su balcón con vistas al fin del mundo, el doctor Schubert cultiva cardos, flores de pascua y mascarones de proa. También instaló una pecera de cristal. En su interior, cubiertas con una malla de acero y separadas entre sí por rejillas, conviven tres furias a las que alimenta con virutas de cedro para avivar el recuerdo de sus venganzas. Una emite aullidos siniestros; otra llora hasta desmayarse, y la más antigua se desgarra el pecho con las uñas. Viven en el odio recíproco.

Al jugar con sus monstruos, Schubert se entretiene cual dios caprichoso. Los cambia de jaula y modifica su destino con apenas un gesto. La luz tibia del amanecer y la sal de su piel imantan al resto de sus criaturas. Abrazadas a las hamacas, duermen durante todo el invierno. Esperan la llegada del calor para marcharse sin aviso en dirección a la montaña en la que las chicharras dejan impreso su paso por el mundo con las cáscaras del cuerpo que habitaron cuando aún llamaban a la lluvia.

Dicen los habitantes de la isla que Schubert convierte en seres vivos a las estatuas, que desenraíza los robles para que bailen y que conoce la ebanistería naval. Sus mascarones de proa son amables con los extraños, cuando los hay. Los introducen en la entomología del forastero y la superstición de la bienvenida. ¿Será alguno de ellos el alma en pena del invitado que no encontró el camino hacia la puerta? Hechos de caoba, ficus, secuoya y algarrobo, presiden y cortan océanos. Son bellos como una gargantilla de esmeraldas incrustadas en el muslo de un moribundo.

En las semblanzas de los viajeros y expedicionarios, los mascarones del doctor Schubert aparecen dibujados junto a las anclas. Con ellos marcan la profundidad de las calas y señalan los lugares seguros para fondear durante la noche. Los dibujan junto a la rosa de los vientos para indicar que la carta está orientada al sur. Quien ha dormido en sus dominios acaba por comprender que todas las rutas de la isla del doctor Schubert conducen al sur como una cremallera que retrocede.

El primero en llegar al gabinete del doctor Schubert fue Tristán, el más longevo de sus monstruos. Un saltamontes fruto de la cópula entre un cíclope y una mecedora vienesa, aunque los documentos oficiales lo identifican con un violinista atormentado tras perder los brazos y las piernas, que suplicó a un agente de seguros que lo convirtiera en insecto. Tristán desembarcó antes de la guerra y durmió durante siglos aferrado a una silla de madera. En la isla se le conoce por los apodos que le atribuyeron: el Castrado, el Acoplado, el Pensionista, el Insecto. «El que no termina de irse ni acaba de llegar». El Forastero.

Tristán interpreta madrigales y misereres frotando sus patas traseras. Se despelleja. Canta muriéndose. En su propio Museo de la Inocencia, compone una sinfonía con las cuatro mil doscientas colillas que fuma una pareja insomne en Estambul. Su tiempo es lento y doloroso, como el de las novelas y los ceniceros. Cuando echa de menos las extremidades que tuvo cuando era aún humano, da una calada al cementerio de sus huesos. Vacante de sí mismo, se acopla a una piedra y toca sonatas que el viento esparce por todo el litoral.

Solo las ballenas pueden escuchar sus canciones de monstruo. Contestan expulsando agua por el orificio que conservan desde el primer arponazo. Resoplan a la manera de los volcanes dormidos bajo el mar. Justo en ese instante, Tristán baila como un hombre sin piernas, mientras toda la belleza del mundo espera, quieta, hasta que el doctor Schubert apague la luz de su habitación.

La biblioteca del doctor Schubert

Las estanterías del doctor Schubert albergan un número indeterminado de libros. Su contenido es ilimitado y periódico. Se distribuye en apenas diez baldas y, sin embargo, aloja todos los títulos del universo. En ocasiones desaparecen unos y emergen otros, como permutaciones de sus lecturas. Abundan los volúmenes encofrados del escritor que inventó a una mujer de nombre Berta y apellido Isla, el único que sabe leer pensamientos pirómanos en la mente de los vigilantes de los museos.

Hay también documentos y noticias del nuevo cableado del mundo, un asunto que conduce al doctor Schubert al vertedero de las causas perdidas. La paz ajena se intuye en la biblioteca del berlinés y lo lleva allá donde convenga: Ucrania, Suráfrica, Guatemala, la Gran Colombia, la Guayana Francesa o el Congo Belga. Cuentan los cronistas baleares que fue justo en aquellos viajes cuando escribió el abecedario de los abisales, uno de los bestiarios que más aprecian los marinos y aventureros.

Su colección de poesía y cantos épicos ha dado pie a controversias y seminarios. Es amplia, inclasificable, casi elástica. Según los isolarios, el día en que el doctor Schubert invitó a cenar a los tres heterónimos de un poeta, uno de ellos, el del desasosiego, roció las estanterías con aguardiente y fumó un cigarrillo junto a un ejemplar de la *Ilíada* firmado por Homero. El fuego atrajo a los navegantes, pero en los diarios de derrota no existen evidencias de que tal cosa ocurriese.

Del examen de la biblioteca del doctor Schubert se desprende también que el berlinés lee libros ilustrados. Acaso porque alguien, valiéndose de pinceles, lo inició en el trasiego de tratar como adultos a los adultos. Dicen los biógrafos que Schubert pudo ser un niño pintado en óleo sobre cobre, una criatura con incrustaciones de turquesa. Por eso mira como una piedra preciosa: un yacimiento de vértigo y aluminio que hace diana en quien lo observa; un mineral raro que arde en las palabras que intentan describirlo.

Al igual que los hombres de mar, el doctor Schubert se acerca a la tierra para alejarse después. Existe y desaparece. Colecciona posibilidades y las junta en las excepciones. Libra un combate extenuante, una guerra sin patriotas. Eso es Schubert: nadar bajo el agua salada con los ojos abiertos, el intento de asir un pez que vuelve al océano, la arena que quema la planta de los pies y el viento que azota los ojos.

En la mirada del berlinés bullen los océanos y se refleja el vuelo de un rapaz sobre una playa. A su paso se agitan las hojas de los lentiscos, como si sus nervaduras recitaran de memoria la lentitud de los libros que leyó al pie de sus raíces. El doctor Schubert es la piedra en la boca, el nudo de mar en la garganta, una colección completa del deseo encuadernada en piel: una biblioteca a punto de arder.

Registro civil del doctor Schubert

Llegó a la isla en el año 13 —quizá 14— del nuevo siglo, una centuria tras la caída del imperio austrohúngaro y cuatro décadas antes de la campaña abisal. ¿Cuántas veces ha nacido el doctor Schubert y en cuántas ocasiones podría volver a hacerlo? ¿Cada noche, acaso? ¿Cuál fue su primera batalla? ¿Venció en todas? ¿Cuándo firmó su primera paz ajena?

El berlinés lleva puesta la isla en sus abrigos de arponero. Lo dicen quienes le han visto llegar a la meseta cubierto con la piel de los que ya no recuerdan el frío. Aunque los testimonios son fiables, poco se sabe de este hombre. Hay dudas incluso sobre su verdadero origen. Él mismo ha dejado pistas sobre su colección de posibilidades en las páginas de un libro escrito solo con finales.

Según sus datos de filiación, el doctor Schubert fue amado, habitó ocho casas, libró ocho guerras y conserva una colección de plumines de plata. No tiene descendencia, al menos no en este continente, y habita el mundo trasplantado desde sus vidas pasadas. Dependiendo del siglo, el doctor Schubert se acerca y se aleja. Elige mares y abandona países que jamás existieron. Por eso es berlinés e insular y lleva siempre consigo el gesto de lo inesperado.

Una leyenda recogida en algunos libros apócrifos del Nuevo Mundo describe la boda de un antepasado suyo con Panchita Ribas, heredera de la hacienda de caña de azúcar más grande de la América colonial. La línea de sangre que los emparenta proviene del hijo de aquella unión entre una moza de piel morena y un traficante de azúcar con el que una familia de senadores de Lübeck endulzó el té de sus desgracias.

Quizá por eso el doctor Schubert transpira caramelo al dormir. Puede que sea esa también la razón por la que el berlinés añora a los plataneros y conoce las esclusas del canal de Panamá. Por eso entiende de perlas peregrinas, dibuja las colas dentadas de los dragones que sacuden el agua y aparta de su plato las migajas de pan seco. Él es el almíbar, el jugo fresco que un alemán extrajo con trapiches.

Nada de esto es del todo cierto, pero no por ello falso.

Solo hay una certeza documentada sobre el personaje: el número y la dirección postal del doctor Schubert no se marca ni se transcribe, se desabotona. Más que evocarlo, a él se le invoca. Es el habitante de piel sedosa en un lugar de agua salada. Dicen las lamias que de su cuerpo se desprende el olor suave de las confituras. Que las correas de caucho de sus relojes y profundímetros saben a mermelada y a sus armarios acuden las hormigas atraídas por el dulzor de sus botones.

A Schubert, sin embargo, lo gobierna un hielo secreto con el que alguien talló sus huesos. Por eso se ha mudado a la isla: para olvidar la nieve; o derretirla.

El cirujano del káiser

Fue el doctor Schubert quien amputó las piernas del coronel Heuland, un oficial de guerra que, en lugar de desertar, prefirió dar pisotones sobre cada mina hasta hallar la que pudiera fracturarle algún hueso y librarlo del combate en las trincheras. Heuland no era un hombre de valor, ni siquiera era un buen soldado, pero su historia bajó por completo la moral de las tropas.

El episodio ocurrió al final de la última campaña militar, el tiempo de los valientes y los desesperados. Como mucho, perdería un dedo o acaso una mano, pensó Heuland, harto de limpiar trozos de riñones ajenos pegados al cuchillo de su bayoneta. Pero calculó mal. Tumbado en una camilla, a la espera de que el joven cirujano Schubert cortara sus piernas reventadas por esquirlas de metralla, Heuland maldijo en siete lenguas.

Atrincherado en su tienda de campaña, Schubert lamentó su suerte en el ejército del káiser. Hambrientos e histéricos, los soldados preferían herirse a combatir. Tanto si huían como si luchaban, caían cual moscas. Convertido en amputador a la fuerza, serró sus huesos e impartió la compasión a aquellos desgraciados. La guerra hizo del doctor Schubert un hombre callado. Y si rehúye el ruido es porque la alharaca de los moribundos aún tapona sus oídos.

En el libro escrito solo con finales, Schubert apuntó las notas de sus años de cirugías. Según consta en los archivos de guerra, a cambio de sus servicios como capitán y cirujano del ejército imperial, recibió una medalla de oro que dejó olvidada dentro del vientre de un soldado raso al que operaba durante una tormenta. Estará enterrada en alguna fosa de un camposanto austríaco.

El último día de servicio en el ejército del káiser, Schubert zarpó desde una ciudad con puerto. Llevaba consigo un baúl con tres libretas, una levita con botones de plata y varios libros escritos en alemán, una lengua de la que ahora reniega porque no quiere recordar las palabras con las que un hombre sin brazos llama a su madre en medio de una carnicería. Eso dicen sus criados, que murmuran los recuerdos del oficial que se mudó a una isla para dejar atrás sus jardines de hombres mancos.

Schubert y los isolarios

Sabemos, por el cartulario de la catedral y los apuntes de la amanuense, que la palabra *isla* adquirió un significado inesperado. Isla: porción de tierra rodeada de agua. Isla: algo apartado, libre o desterrado. La emulsión de quienes se abren paso en la página en blanco. La patria de los que eligen un lugar rodeado de agua salada, un territorio de asfixia y autosuficiencia al que se dirigen quienes ansían no estar al alcance del todo.

Una isla es un miedo o una rabia; una afirmación o una brazada; una tierra firme que elude lo definitivo y rehúye la deriva. Una isla es un evento. Un temblor. Un lugar del despojo, un puerto de pecios, el condominio de los expulsados, el lugar de cárceles, manicomios y leprosorios, el pinchazo del hueso vivo, la dentellada del tiempo. Una isla, como las selvas, es un centro que ordena el mundo.

Es un mascarón de proa de lo propio y lo prestado. Al igual que Billy Budd, a todos nos merodea un palo mayor. Ser colgado por bello o noble, por raro o anómalo; el estropicio de lo excepcional. Los diarios que escribió la intérprete sobre la isla del doctor Schubert hablan de algo que embellece y escarmienta. Describen la cartografía de un lugar de paso que podría durar para siempre, el nunca jamás de los que deciden.

A falta de lo propio, se puede vivir desterrado en el lenguaje o escondido dentro de las obras completas de San Agustín. Pero el doctor Schubert eligió una costra de arena en el mar. Tras su primer año en la tierra heredada de un káiser moribundo, aquella raspa de piedra brilló con la intensidad de una hojuela de metal sobre el mar. La sola presencia del cirujano acristaló las playas hasta reventarlas. Con los vidrios rotos hizo surgir una arena suave y tibia.

Ante la posibilidad de una isla, las orillas no prescriben. No hay mar que se arrepienta de ellas. Los desertores y los supervivientes, incluso los amanuenses o los misántropos, los cobardes y los fantasmas, llegan hasta ahí empujados por la demolición, la rareza y la curiosidad. Juntas, las islas forman el oleaje de lo que podría o pudo ser. Son declinaciones del desalojo, fronteras del reino de Redonda que un escritor inventó en la vigilia.

«La isla es la guerra a punto de estallar. Es el hogar de quienes se rehúsan a ser colgados. Es el vértigo de los que aman los puentes. Es la luz tibia del sol y la bombilla ardiente al final del paseo marítimo. Una isla es el naufragio de la ropa sobre un suelo de baldosas, una almohada a la deriva a los pies de la cama. Una isla es el insomnio de quienes nadan dentro de alguien más».

Así acabó la amanuense las notas del primer diario.

Cuando el doctor Schubert inventa el hielo

En el archivo de la catedral, un documento escrito sobre una hoja membretada relata lo ocurrido. Cuentan los cronistas que, unas horas después del año nuevo, en un viaje hacia el puerto de Sóller —una ruta tocada por la belleza de los árboles doblados por la fuerza del viento—, el doctor Schubert dio muestras de la sofisticada práctica de inventar un océano al pie de un acantilado.

Aquella excursión, descrita en otros archivos baleares, aporta evidencias sobre la propiedad de los silencios cuando el doctor Schubert los introduce en el paisaje. Son episodios inesperados, aunque en ocasiones obedecen a un patrón, quizá una respuesta a la euforia del siroco que sacude la ropa colgada y reduce la vida de los isleños al vaivén de una tela sin cuerpo mecida por el viento.

Las hipótesis relacionan estas reacciones de Schubert con el «aceitunamiento», tal y como se conoce a la levitación de las plantas oleaginosas al contacto con la mirada del berlinés. Son habladurías de aeropuerto. A pesar de eso, aseguran los testigos que, al momento de manifestarse, las mudeces del doctor Schubert lo vuelven todo de cristal e instruyen al testigo en el arte de convertir las flores en hielo. Cuando soplan sus ausencias, hay quienes dicen haber visto nevar en las playas de la isla.

Durante los días de invierno, los ojos azules del berlinés arden en otra dirección. Es entonces cuando la piel suave que recubre al oficial de los Habsburgo muta en la lámina rocosa y definitiva de los frenazos, el caparazón de un ser que hiberna. Concentrado en desaparecer, el héroe de Solferino arrastra la mirada sobre las cosas sin tocarlas. Sus ojos se vuelven fríos, y por eso más claros y limpios, profundos como un lago de esmalte cubierto por la carpa de una lentilla.

Vísperas en la isla del doctor Schubert

«En el calendario de la isla, hoy es víspera del doctor Schubert», apuntó la amanuense en su segundo diario de travesía. Según define la cartografía balear, se entiende por víspera el tiempo anterior a la fecha en la que el secesionista berlinés navega lejos del archipiélago, esa centésima de segundo que precede al estallido de una jarra de cristal contra el suelo o el tiempo lento que aprieta la cintura de un reloj de arena.

La víspera corresponde, también, al día en el que un dragón se agita bajo el fondo del mar, unos ojos azules desvisten la pared de una habitación y una mujer escribe sobre la mejilla de quien pudo haber sido el héroe de Solferino. La víspera del doctor Schubert es la ensoñación de los impacientes, la bocanada del ansioso, el columpio de una cadera y el temblor del edificio que forman dos cuerpos al acoplarse.

«En el calendario de la isla, hoy es víspera del doctor Schubert», repitió para sí sin quitar la vista de la bolsa con las perlas que los marinos rechazaron en el puerto de San Marcos. Tarareando las partituras que un insecto interpreta contra una roca, las extendió sobre un paño de gamuza y las lustró con un trapo. Una por una, las frotó con esmero. Cuando llegó a la gema número cuarenta y nueve, la taladró un deseo profundo e intenso de llevársela a la boca.

Nacidas de la incursión de un cuerpo en otro, las perlas se alojan en la humedad de una cueva de músculo. El roce de sus cristales las embellece hasta hacerlas lúbricas. «Un collar hecho con perlas de esta bolsa tardaría lo que treinta peregrinas del archipiélago de Panamá en yacer con un mejillón. Quizá cincuenta o sesenta años. Medio siglo de agua, sal y deseo», escribió la amanuense.

Una vez limpias e inventariadas, echó en falta el aljófar número cincuenta, el que permanecía aún bajo la lengua del doctor Schubert desde la noche del Savöy. Ella solo deseaba aquella perla, justo esa. «En el calendario de la isla, hoy es víspera del doctor Schubert», escribió haciendo presión sobre el papel, como si en lugar de un plumín de acero, repujara un endecasílabo sobre el cuerpo del que alguna vez pudo ser el capitán Trotta.

En el calendario de la isla, hoy es víspera del doctor Schubert.

Los criados del berlinés

Tristán, el aposentador balear y responsable de las llaves de la isla, tiene a su cargo el tren de servicio del doctor Schubert. A él corresponden los trabajos más delicados e importantes: alimentar a los mascarones de proa, dar de beber a las furias y disuadir a los forasteros. Unas veces los desaloja; otras, les deja un libro para espantar el insomnio hasta que salga el próximo barco. También pasa revista a los volúmenes de la biblioteca del cirujano, acaricia los cardos que crecen en el huerto de Schubert y compone sonatas para que no entristezcan los mejillones.

Para un hombre que perdió las extremidades y fue alumbrado en su siguiente vida por monstruos, lo vivido es evidencia. Tristán sabe que los dioses tienen siempre a alguien a quien favorecer, pero también un castigo para impartir. Por eso es cauto en sus desafíos y lealtades. Evita apadrinar duelos a muerte o alborotar guerras que no atañan directamente a los asuntos de su invernadero. Con la suya le basta.

A su cargo trabajan Dríope, una mujer alta y delgada, con la piel seca como la corteza de un árbol, y Yo, una doncella convertida en novilla tras una refriega amorosa. Ninguna da disgustos al aposentador. Dríope acude todos los días para limpiar las ventanas y lustrar los plumines del doctor Schubert; Yo se encarga de aquellas labores que pueda ejecutar con su lengua herbívora: vigilar a las furias, desempolvar los cactus y lamer los ceniceros de arcilla hasta hacerlos relucir.

Los días de paga, Dríope recoge el sobre que el aposentador balear deja sobre la encimera de la cocina. Yo cobra en balas de paja prensada que acumula en los descampados de los campesinos que le dan cobijo a cambio de leche para hacer queso. La dejan pastar a sus anchas. Su presencia embellece los huertos, reconforta a los almendros y atrae la lluvia los días de sequía. Es blanca y fría, perfecta en su desgracia.

Cada una atiende sus labores por separado. Apenas hablan entre sí, pero ambas escuchan las frases que las furias susurran mientras sacuden el polvo alrededor de su jaula: oscuras venganzas que ya no corrigen nada. Procuran no hacer caso a lo que dicen sus lenguas amarillas y retorcidas. Pero sus murmullos alborotan en ellas una cólera profunda y antigua. Las riegan con un odio viejo y bilioso. Les sorben la poca vida que aún recorre sus cuerpos.

Cubierta con su coraza de corcho, Dríope friega con fuerza, como si pudiese arrancarse la corteza. Yo, que bebió barro a falta de agua en sus peores días, golpea el suelo con las pezuñas, como si llamara al mundo que la rodeó cuando podía sostenerse sobre sus piernas.

Al llorar, los mugidos de Yo despiertan a todos los terneros de la isla, y cuando besa a los mascarones de proa que se secan al sol, sus cuerpos de madera rehúyen su lengua áspera con sabor a pasto.

De pie ante sí misma, junto a una mujer convertida en alcornoque y un saltamontes que fue violinista y director de orquesta, Yo sabe que de poco valen las explicaciones cuando los dragones merodean la isla del doctor Schubert.

La suerte está echada de antemano. Nada se puede hacer cuando los abisales salen a dar un paseo fuera del inframundo y las furias encerradas en una pecera de cristal susurran sus improperios a los mortales.

El recetario del doctor Schubert

En sus años como capitán y cirujano del ejército del káiser, Schubert aprendió a operar sin éter a soldados enloquecidos de dolor y a cocinar para los convalecientes el pescado que los mariscales de campo descartaban por considerarlo poco fresco para su dieta militar. Schubert entendió que limpiar de espinas una corvina se parecía bastante a una cirugía de columna rota y hasta perfeccionó un método para alimentar a los moribundos con caldo de piedras.

De aquellas costumbres espartanas, el doctor Schubert inventó un recetario para infelices y náufragos. Quienes probaron sus guisos aseguran haber regresado a la vida inyectados de entusiasmo y desafuero. Incluso algunos sostienen que sus recetas para combatir el frío alimentan la templanza y acompañan los quebrantos. No existen evidencias, excepto la crónica de una hoja parroquial que dio por recuperado de su melancolía a un feligrés que probó el pan de arena del doctor Schubert.

Según el cartulario, la víspera de la epifanía de Reyes, el doctor Schubert salió a faenar con los pescadores de la isla. Regresaron cargados de mejillones que el berlinés estudió en su mesa de disección y con los que diseñó una sopa que pensó ofrecer al siguiente emperador a quien se le pasara por la cabeza invadir Rusia en invierno. Convencido de su hallazgo, Schubert ordenó a Tristán preparar una mesa con ciento veinte escudillas y un servicio de cubiertos de plata.

Tras sorber la primera cucharada, los hombres más fuertes de la isla se desplomaron como naipes. Despertaron confusos, con la mente en blanco. El bebedizo había borrado los tatuajes y las arrugas que surcaban sus pieles e hizo retroceder sus recuerdos. Con el paso de las semanas, perdieron los dientes cubiertos de sarro y en su lugar renacieron otros de leche. De su rostro áspero y barbudo surgió una piel lisa e inédita.

El doctor Schubert intentó perfeccionar su receta durante treinta cenas más. Acabó por rejuvenecer a los patrones de la isla hasta convertirlos en niños. Alarmado, revisó las cantidades y repasó uno por uno sus ingredientes. No podía abusar del marisco, ni regatear los lípidos. Tampoco excederse con los mejillones ni pasarse con las especias. La séptima noche, obcecado y sin respuestas, Schubert sacó de su boca la perla del Savöy.

Sirvió un litro de agua en una cazuela hasta hacerla hervir, luego introdujo la perla en un infusor y la sumergió durante sesenta segundos exactos. Fue Tristán quien marcó la duración haciendo sonar un xilófono que había pertenecido al maestro de capilla de la corte de Carlos V. Una vez tibio, añadió el caldo de perla a la olla y removió sin parar. Cuando al fin escuchó gaviotas, guardó la gema bajo su lengua, se dirigió al puerto y ofreció una taza de su sopa al más longevo de los pescadores. Al día siguiente, el patrón salió a faenar y regresó con cien kilos de merluza y el trozo escamado de una cola de dragón. La receta estaba, al fin, lista.

Bastaban cinco cucharadas de suero de perla barroca para inyectar vigor a cualquier humano en edad de concebir y combatir. Tras apuntar las cantidades en sus libretas cuadriculadas, el doctor Schubert eligió una camisa blanca de lino y un delantal de piel. Su atuendo lo obligaría a ser prudente: no podía derramar ni una gota. Durante una semana, preparó treinta garrafas de sus caldos. Los envasó al baño maría en botes de cristal. Con ellos podría alimentar al archipiélago entero durante un asedio.

Sobre los alisios en la isla del doctor Schubert

Una semana antes de la primera batalla abisal, una mariposa atada a una soga cruzó el cielo de una tarde sin sol. Su belleza surgía del combate, de la insistencia de su vuelo imponiéndose ante un viento sin certezas. El doctor Schubert hundió los pies en la arena para observarla. La encontró bella como a una ahorcada que vence dando coces en el aire.

Ante su mesa de derrota, la amanuense distinguió a Schubert en la orilla. Buscó el catalejo y pegó su ojo izquierdo al monóculo. Los ojos azul cuarzo del berlinés brillaban con más intensidad bajo aquellas alas de mal agüero. «En la isla de Schubert la piel acaba convirtiéndose en membrana. Al contacto con el aire, desaparecen los hilos de una ropa que no cubre a nadie y las criaturas se repliegan, a la espera de un relámpago».

Interrumpió sus anotaciones para escuchar las campanas de la catedral y fundirse en la percusión de sus angustias. Aferrada a la baranda de su balcón, sintió el vuelo de las ejecuciones y el lento vaivén de las perlas sin vida que decoran el pecho de las doncellas. Cubierto por el aleteo, Schubert parecía apenas un punto, una miniatura atada a la arena.

«A las cinco de una tarde con nubes, una mariposa se sostiene, inverosímil, en dirección contraria al viento. Atada a la soga, prefiere el vuelo. Agita sus listones en el aire. Inaugura su belleza, doliéndose al cruzar un cielo sin sol. Sigue siendo una ahorcada que vence dando coces en el aire», escribió la amanuense en la segunda libreta de sus insomnios.

Los recuerdos en la isla del doctor Schubert

Si la amanuense acudió a la isla atraída por el gemido de los ahogados entre los que creyó escuchar a su padre, el doctor Schubert regresó a Berlín buscando pinceles. El cirujano recorrió los parques de la mano de una mujer de cabello de plata recogido en un moño alto, quizá su madre. En la orilla del río, la orquesta tocó para ella sus mejores partituras y las hojas de los árboles dejaron de moverse para no entorpecer el vuelo de su falda. Mirándola bailar, el doctor Schubert olvidó el hielo.

Según los diarios consultados por la amanuense, al regresar de las guerras del káiser, el doctor Schubert colgó en la pared de su casa berlinesa el retrato de una joven parecida a las modelos de Modigliani. Es una dama pálida, de silueta rota y tristeza tenaz. Viste una falda larga parecida a la cola negra de una sirena. Una tela tensa como el vientre de un cetáceo que se agita en los sueños del cirujano. O acaso el plumaje de un cisne que jamás será blanco.

Al tercer día de su llegada a la capital alemana, el doctor Schubert halló una nota manuscrita en su buzón que alertaba sobre la desaparición del retrato que pudo pasar por un Modigliani. Cuando subió para comprobar si era cierto lo que afirmaba ese papel, encontró un trozo de pared limpia que señalaba su ausencia. Desorientado y confuso, convocó al jurado de la Secesión, pero todos habían muerto tras su última visita.

Guiado por la fiebre de un oído infectado, espió cada acera y dio sepultura a sus fantasmas menores. Recorrió manzana por manzana hasta recuperar la más valiosa de sus pertenencias: el lienzo de una doncella que aún lo observa desde el escaparate de una noche de invierno. Schubert caminó hasta dar con ella: una modelo de piel fría, extraviada junto a una caja de pinceles, cuyo retrato había comprado durante una ventisca.

Cuando las grúas de la isla tartamudean, el doctor Schubert se columpia en el recuerdo de sí mismo mirando aquella pintura. De ella prefiere el silencio a la belleza, aunque posee los dos atributos necesarios para una vida «indeciblemente solitaria», tal y como la describió el cirujano en su libro hecho solo de finales. El doctor Schubert la necesita porque su silencio completa el propio. Y con eso basta.

Escondido en una ciudad sin mar, el doctor Schubert pasa revista a su colección de posibilidades mientras pule, en silencio, los lazos de sus arpones. Dicen los cronistas que Schubert jamás regresó de ese viaje, que su piel y su cuerpo habitaron la isla, pero algo suyo quedó impreso en ese parque berlinés en el que una orquesta aún toca y una mujer de cabello de plata, quizá su madre, baila junto a la orilla del río, mientras otra incrustada en un lienzo y sujeta por un clavo a una pared lo mira en medio de una noche con nieve.

Los relojes del capitán Trotta

Los habitantes de la isla ajustaron las agujas de sus despertadores a las del reloj del doctor Schubert, el hombre que todos los días se levanta a las cinco de la mañana para arrancar certezas del huerto de sí mismo. Un lunes de invierno, justo antes de la hora señalada, Schubert abandonó su condominio como Kant el día que estalló la Revolución francesa: sin mirar atrás.

Así se dirigió al paseo de los melancólicos, con su diccionario de monstruos marinos bajo el brazo y dispuesto a declarar una paz perpetua. En la isla que recibió como herencia de una guerra, no podía desatarse ninguna otra. En esos días transcurrió el tiempo lineal previo a la batalla: ese lugar que ocupan los minutos formados en fila cuando un cuerpo busca a otro, una fruta se desprende de una rama y un hombre acude al combate con sus fantasmas.

El campanario de la catedral tocó los cuartos cuando el botón de la levita de Schubert se desprendió del paño y abrió en dos la tierra. «Todas las horas de la noche están hechas de su piel», escribió la intérprete en su tercer cuaderno de invierno. «Suyo es el tiempo del cubo de hielo que se deshace sobre la lengua. Su naturaleza es la lentitud, el peso de los estambres de melaza al ras de la tierra».

En los relojes del doctor Schubert coinciden todas las declinaciones del tiempo: el momentáneo, el fugaz y el permanente. Fuera de su cuerpo, los minutos se emancipan. Cuando están atados a su muñeca se evaporan y rompen como la espuma de la ola que ya se ha marchado. Con Schubert es preciso un tiempo más lento, casi elástico, que sirva para sujetar el lugar que ocupa su cuerpo en el mundo.

Sobre las levitas del doctor Schubert

El doctor Schubert alguna vez impartió lecciones de anatomía. En el pasillo de la Facultad de Moluscos y Crustáceos, Hegel explicaba el combate, a su derecha, y Kant la razón práctica, a su izquierda. Es difícil inaugurar un laboratorio de la compasión entre semejante claustro. Predicar en el desierto, sacar del mar una hortaliza, combatir. Ser una cosa y su contraria.

Para concentrarse, para ganarse el pan de sus ideas, Schubert recitó sus conferencias fijando la mirada en uno de sus alumnos, un muchacho que pudo ser él veinte años atrás: alto y esbelto como una lanza, rubio y pálido. Pero ese día, justo ese, a Schubert no lo acompañó la fortuna. El primer botón de la levita del discípulo estaba mal abotonado. Nervioso ante tal estropicio, Schubert recogió sus papeles y se marchó. El hielo de sus pasos aún se escucha en el claustro.

Cuentan los cronistas de la isla que la primera vez que Schubert escuchó el cuarteto número catorce, aquel compuesto por su tatarabuelo, llevaba desabrochado el primer botón del abrigo. Por eso cuando se lleva la mano al pecho, hasta las piedras lo escuchan latir. No es del todo un misántropo, aunque en ocasiones lo parezca.

Envuelto en el grueso paño de sus levitas, Schubert sorbe la vida, la aspira con fuerza para después contraerse como los seres de musculatura lenta. «Brilla, guardándose del mundo», registró la intérprete. «Por eso quien lo escribe acaba pidiéndole a los cronómetros que la noche dure tres días más y a las costuras de sus abrigos que lo sujeten, antes de que decida marcharse de sus palabras».

Las estilográficas de Schubert

No queda claro aún si el inventor del artilugio para transportar tinta en un cilindro de plata fue el canadiense que vivía en Rhode Island o el rumano radicado en París al que el Estado francés concedió la patente. El doctor Schubert conoció a ambos. Encargó a cada uno una estilográfica lo suficientemente liviana para llevarla en el bolsillo de sus levitas, un artefacto tan fino y sofisticado que estilizara su caligrafía.

El rumano le hizo llegar, envuelta en un paño de seda, una pluma de secuoya. Tenía un capuchón de plata con incrustaciones de lacas venecianas y japonesas. En su interior dispuso un émbolo de cristal relleno de purísima y oro. El canadiense entregó el encargo en persona. Viajó hasta la isla con un muestrario y eligió para Schubert una estilográfica de ónix con aleación de acero y coral.

El doctor Schubert aceptó ambas. La más ligera la guardó en una cartuchera fabricada con parches de piel de venado. La usaría para escribir en sus cuadernos minutas sobre la paz ajena, sus avistamientos de perros boyeros y el gramaje de sus mascarones tras pesarlos cada madrugada. La más lujosa la apartó para las capitulaciones, los asuntos notariales y los planos del nuevo faro con el que alumbraría la parte oeste de La Dragonera, aquel islote al suroeste de su isla.

Siguió usando sus plumas antiguas para las anotaciones diarias. La de madera de peral marrón rojiza era su favorita. Otras las dejaba en los bolsillos de sus abrigos. Cada estación, abría la vitrina donde guardaba sus treinta y seis estilográficas junto a la ventana, para que la sal del aire raspara las ideas atrapadas en sus plumines. Tristán revoloteaba con un ábaco y un anemómetro para llevar el control del proceso.

A nadie en la isla se le habría ocurrido jamás tocarlas. Ni siquiera el aposentador balear habría cedido a la tentación de comprobar las cosas que salen de sus plumines cuando el berlinés emborrona sus libretas. Habían permanecido ajenas a la vista de cualquiera, hasta aquella visita que la amanuense hizo al doctor Schubert antes de la tormenta de hielo que sacudió el archipiélago.

La intérprete apareció sin anunciarse. Rechazó la invitación a tomar asiento. «Ocurren en su isla cosas que usted mismo ignora». El berlinés le pidió más detalles para ilustrar su exageración. «Oigo el sonido del mar cuando lo azota un látigo gigante, un azote largo que agita y castiga a las corrientes», contestó ante la mesa de disección de mejillones. «¿Látigos?». Schubert alzó las cejas. «¿Es posible traducir el sonido de un látigo?».

La amanuense se acercó a la mesa, cogió la estilográfica de madera de peral y apuntó, apretando el plumín contra el papel con el ímpetu de un albañil. Al acabar, cerró el cuaderno. «Esto es lo que significa». Dejó la pluma sobre el escritorio y caminó hacia la puerta con ese paso desquiciado que imprimieron sus años en el hospital de las sirenas. Una vez a solas, Schubert cogió el cuaderno. *«Hic sunt dracones»*, leyó en la primera página en blanco de sus diarios de invierno.

Sed en la isla del doctor Schubert

La víspera del combate, el doctor Atl y la poeta Nahui Olin visitaron la isla de Schubert. Nada más recibir la carta lacrada con el sello del posible descendiente del capitán Trotta y héroe de Solferino, el doctor Atl, el más volcánico de los caudillos culturales del Nuevo Mundo, abandonó el convento que compartía con su amante para pasearse por las calas que un traficante de acuarelas convirtió en tinteros.

Ni Atl ni Nahui dejaron criatura virgen en el archipiélago. El viento tocó sus pieles y propagó como un incendio el polen que recubría sus mejillas. Así desgarraron y fecundaron todo a su paso. Apuntan las crónicas que los habitantes de la isla se encerraron para lamerse. Se recitaron al oído epitafios de deseo que acabarían guardados en botes de mermelada y que ellos usaron para endulzar las hojas de agave que plantaron en los maceteros del doctor Schubert.

Mientras el doctor Atl y Nahui Olin electrocutaban la isla, Schubert ajustó la hora en su reloj y se marchó a sus aposentos. Para preparar la batalla, durmió una siesta de diez años, tumbado dentro de la concha perlada de un mejillón. Los rumores aseguran que Schubert retozó con Nahui, pero nadie en la plaza de las Tortugas pudo dar fe de aquel encuentro. Se sabe que en esos días la respiración del berlinés trastornó a las sirenas. Las mujeres con cola de pez echaron a correr en tacones por el paseo marítimo.

Se sabe también que, antes de abandonar la casa de Schubert, Nahui Olin bebió un vaso de agua salada y subió las escaleras de caracol vestida solo con sus pensamientos. Antes de marcharse, el doctor Atl y Nahui Olin dejaron como regalo para Schubert un juego de bisturíes con incrustaciones de turquesa y esmeraldas. Envueltas en papel de seda, aún brillan las hojas de metal al contacto con la piel de un ser vivo.

De la visita de Atl y Nahui Olin nació una generación de isleños voraces, criaturas engendradas entre el Mediterráneo y la Revolución mexicana, seres que Schubert acogió en su playa sembrada de grúas. De los que sobrevivieron a la hemofilia, llegaron al mundo nuevos ilegítimos, seres que bailan abrazados al recuerdo de quien alguna vez los fecundó. Nacimientos fantásticos del caos que precedió a la guerra.

Hic sunt dracones
(Episodios de una guerra abisal)

La Dragonera

Nadó a puñetazos. Doblegó el mar hasta llegar a ese atolón con cresta de piedra. A ocho kilómetros de la isla del doctor Schubert, La Dragonera debe su nombre a las lagartijas que viven entre sus rocas. Son tan antiguas como la especie que fundaron al abandonar el continente. Las hay verdes, negras, pardas y también mestizas. Su piel es lustrosa y sus ojos, rayados. «Las domina la indiferencia de los pájaros», apuntó en el cuarto diario que se conserva de aquella travesía.

Exhausta de tanto bracear, la amanuense se dejó caer sobre la arena. Despertó, empujada por la marea fría durante la hora más intensa de sol. Recorrió la orilla buscando algo para comer. Persiguió cangrejos que no pudo atrapar, sorbió erizos y masticó las flores de un árbol de savia roja que sirve para curar el insomnio y barnizar violines y al que se debe la leyenda sobre un carpintero que quiso amasar una fortuna plantando retoños de aquel único ejemplar en las laderas de La Dragonera.

Encontró dos faros clausurados, uno en cada extremo. El primero era el más alto y parecía reformado. Tocó a la puerta, sin obtener respuesta. En las escarpas de la montaña, los romanos construyeron un cementerio, el primer rey de la isla reagrupó sus tropas para la reconquista y Barbarroja y Dragut dieron de beber a sus hombres copas de vino escarlata mezclado con huevos crudos. De aquellos días quedaban apenas manadas de reptiles y fantasmas. Nada más.

Subió andando hacia el norte de la cordillera y se sentó junto al segundo faro. Al otro lado, la isla del doctor Schubert le pareció inmensa como una herida. La miró, aguardando el despertar de un monstruo cubierto bajo una piel de olivos. Varias sargantanas de colores la rodearon hasta formar una alfombra viva y reptante a sus pies. Eran versiones diminutas de las iguanas taínas que caían de los árboles plantados en los sueños de las sirenas de piel negra a las que tradujo en las Antillas.

Recorrió varias veces los cuatro senderos, sin cruzarse con nadie. Nadó en las calas y buceó hasta las cuevas, para escuchar los sonidos que salían de sus bocanas. Durante el invierno y la primavera que vivió en el islote, la amanuense aprendió a hablar el idioma de las lagartijas y las serpientes, criaturas que se hacen entender con dificultad. La rotura de su lengua las obliga a sesear y hace incomprensibles sus maldiciones. Sintió pena por ellas. Buscó sus nidos. Para consolarlas, se dejó morder. Ninguna sobrevivió al sabor de su sangre; murieron en el acto. Para guarecer los huevos, durmió junto a sus crías hasta hacerlas crecer con el calor de sus huesos. La primera en salir del cascarón era negra y brillante, como una trenza azabache.

Las ondinas la habían instruido en el atlas de los monstruos susurrándole al oído los mapas del inframundo, pero recluida en aquel islote fue incapaz de recordar una sola de sus enseñanzas. Todas las palabras que ellas le cedieron habían desaparecido por completo de su memoria, para ponerla a prueba. Su supervivencia dependería de su capacidad para recuperar lo aprendido.

No la salvó la memoria, pero sí la intuición. La medida desaforada de su apetito era del mismo tamaño de su deseo. La primera vez que masticó el cuerpo vivo de una sargantana llevaba tres días sin llevarse nada al estómago. Los marinos del puerto vecino escucharon el chasquido de sus dientes al triturarla, un sonido de huesos y goma que despertó a los cuatro dragones del extremo sur, el extremo de La Dragonera que mira de frente a la isla del doctor Schubert.

Durante las tres semanas siguientes al nacimiento de las crías de serpiente, una nube negra ocultó el sol y la tierra se estremeció. Los reptiles huyeron escondiéndose bajo las piedras y en la montaña arañada por surcos el aire caliente agujereó el mundo. Para protegerse de la ceniza, la amanuense improvisó un refugio junto al faro norte. Se hizo un hueco entre los arbustos y durmió arropada por una gruesa manta de lagartijas, cientos de corazones fríos latiendo al mismo tiempo sobre su piel. Al octavo día de los temblores que sacudían el islote, sintió la mano de un hombre que tiraba de su hombro con fuerza.

El doctor Schubert hunde cruceros

Asomado a la ventana, el berlinés sonríe mientras estudia los cruceros. «Algo ha ocurrido en el faro», piensa, mientras elige a cuál de todos hundirá con la mirada. Las gaviotas se estrellan contra los ascensores acristalados de los hoteles y el rumor lejano de una turbina agita el agua hacia el suroeste. Sorbiendo la perla bajo su lengua, el doctor Schubert se convence de que alguna relación existe entre ambos episodios. Desde la llegada de la intérprete, la paz de sus dominios muestra grietas.

Para disipar sus preocupaciones, estudió los horarios de los pasajeros que desembarcaban de los cruceros, seres embadurnados de bronceador y rebozados en arena. Desde su terraza podía escuchar el sonido de sus tarjetas de crédito, un crujido de teflón, una alegría de *bed and breakfast* que despertaba en su ánimo una mezcla de ira, repulsión y ternura. Cogió un puñado de virutas de cedro y las esparció sobre la malla de acero de las furias, que embistieron dando golpes con sus cabezas.

El doctor Schubert suele perdonar la vida a los pasajeros de los barcos de recreo: criaturas alimentadas con col agria que una vez al año viajan por el mundo convirtiéndolo en un lugar peor. Justamente porque jamás aprenden de sus errores, quiso diseñar para ellos un castigo ejemplar, pero le fallaba la concentración. En esas condiciones era imposible castigar a nadie. Arrojó más aserrín sobre la pecera, irritado. A Schubert no le gusta el desorden. «Demasiados forasteros», murmuró mientras otra bandada de gaviotas se estrellaba contra la cubierta de un barco procedente de las islas griegas.

Siguiendo la costumbre de los antiguos navegantes, sacó sus pinceles del cajón y dibujó monstruos en las zonas sin explorar del mapa de su isla. Hizo lo que antaño: allí donde ninguna tripulación consiguió llegar, garabateó una criatura pintada de verde y fuego. Tal como el berlinés leyó de niño en el mapamundi de Lenox, trazó una víbora en la costa occidental de la isla. *«Hic sunt dracones»*, escribió para indicar el lugar de la batalla final. Algo sabría la amanuense de abisales, cuando se presentó ante él testificando su existencia.

Advertido por el nuevo farero de la isla, el doctor Schubert tuvo noticia de algunas incursiones en el archipiélago: una criatura que tres veces al día bebe el agua del mar para formar remolinos con los que absorber barcos y marinos y escupirlos luego con furia; la hija bastarda de una hidra de cinco cabezas en lugar de doce, y una mujer mitad humana, mitad dragón, posible madre de todas las serpientes del mundo, y a la que Tristán declaró una guerra en el octavo canto de la *Odisea.* «Demasiados forasteros», repitió el doctor Schubert.

En el inventario de monstruos, el farero incluyó una serpiente nórdica que podía dar la vuelta al mundo si se desplegaba por completo, un cardumen de pirañas de agua salada y los cuatro dragones que dejaban a su paso escamas de apariencia desigual. Dos de ellos tenían la piel roja y cuadriculada como un tejado mandarín, ojos verdes y un atado de plumas alrededor de la cabeza. Completaban el cuarteto uno de piel lapislázuli y el más joven de todos, el resultado de una mezcla entre las serpientes de Aníbal y un dragón ártico.

Conocedor de todos los asuntos abisales recogidos en manuales, diccionarios y autos de fe baleares, el secesionista berlinés, posible héroe de Solferino y arponero del reino de Redonda, se arrancó un botón y lo usó como sello para lacrar su correspondencia con el inframundo. Yo lamía los ceniceros, inquieta por el humor turbio de Schubert. Podía sentir el pulso acelerado del corazón de su amo, porque hacía espejo en el suyo. Contagiada de su furia, pateó el suelo para liberarse del recuerdo de su cuerpo cuando podía sostenerse sobre sus dos piernas.

Tras consultar la hora en su profundímetro, el doctor Schubert aflojó la trampilla de la pecera de cristal de las furias. Rebuscó entre sus cajones y salió a toda prisa. Con el mapa de su archipiélago aún en la mano, subió a un escarabajo negro y recorrió la carretera rumbo al puerto. El portazo despertó a las furias, que empujaron la malla de acero hasta hacerla caer al suelo. Boquiabierta, Dríope echó raíces ante la mesa del comedor. Yo siguió llamando al mundo con el golpe de sus pezuñas. Cuando Tristán llegó a casa, las furias ya se habían marchado. Revisó cada una de las estancias, para comprobar que todo estaba en orden. Al entrar en la despensa, encontró, tirados por el suelo, los botes de caldo de perla. Todos estaban vacíos.

El farero

Durante el invierno que precedió al fin del mundo, los notarios y escribientes baleares dieron la orden de desmantelar los catorce faros de la isla del doctor Schubert. No tenían la altura suficiente, por eso la niebla y las nubes los hicieron inservibles para los navegantes. Despojados de sus funciones, los fareros acabaron por custodiar torres apagadas que no conducían a ningún lugar. Solo uno consiguió mejorar su situación: un viejo al que todos llamaban Grifo, por sus uñas largas y renegridas.

El doctor Schubert pagó la construcción de un faro tan alto como el cuello de un dragón en el islote vecino de La Dragonera, que, según las escrituras imperiales, también se sometía a su gobierno. Para asegurarse de poner en marcha las obras lo antes posible, el berlinés emprendió la búsqueda de un farero que evaluara los inconvenientes del lugar y supervisara él mismo el estudio del terreno para comenzar a construir.

Grifo se presentó en la lonja. Aseguró haber tenido a su cargo los faros de ambos polos del globo terráqueo y mantenido su lámpara encendida durante las peores tormentas de nieve, agua y ceniza. Se declaró guardián de los marinos del estrecho de Magallanes y conserje del faro de la Patagonia. Aportó como referencia una carta de recomendación de John Claggart, el oscuro maestro de armas del Indomitable.

Ganó su puesto como guardián de La Dragonera gracias a su verdadera riqueza: la elocuencia. Miembro de la quinta generación de un linaje de desarraigados, Grifo heredó el poder de convicción de su tatarabuelo granadino, aquel que se cambió el nombre para hacer las Américas y pasó a la historia como el Falso Inca, tras su intento fallido de hacerse pasar por guerrero en la sublevación contra el imperio. Hecho a una vida mercante, aprendió a olisquear en el aspecto de los demás y a sacar provecho de sus semejantes. Fue delator, carcelero y marino en mares rojos.

Desde que vive en La Dragonera, a Grifo se le va la vida en vigilar. No la llegada de una corbeta o el desenlace de una tormenta. Espera el día en que la luz se extinga y el cuerpo de su torre se desmorone. La amenaza necesita de una luz que la ilumine en la penumbra, pensó tumbado en el camastro, cuando un calor intenso recalentó los muros y un sonido de agua a punto de hervir asoló los acantilados.

Se calzó sus botas de hule y salió en dirección a la torre norte, al otro lado de La Dragonera. Encontró a una mujer cubierta de lagartijas y crías de serpiente. Para comprobar si estaba viva, puso una mano sobre su hombro. Con el pulso acelerado y la boca reseca, pidió a dios que lo protegiera de haberse topado con un fantasma, pero ni ella era una aparición ni estaba muerta. Hablaba con certeza y precisión. Se presentó ante él como intérprete de lamias, ondinas y sirenas. Decía venir de la isla del doctor Schubert.

Intentó deshacerse de ella. Dando tirones de su brazo la condujo al embarcadero, pero no encontró ningún bote, ni siquiera una balsa. Esa mujer había llegado a nado. Resopló, malhumorado. La amanuense prometió abandonar la isla al día siguiente: pronto vendría la noche y si la obligaba a marcharse, no podría orientarse en la oscuridad. El farero la dejó dormir en su torre, con la única condición de que no le hablase a nadie de su visita. Le ató las manos y la condujo a empellones hasta la torre sur.

El faro era alto y estaba mal iluminado, pero al menos ahí podría dormir sin que la arena negra le cubriera los párpados. La amanuense sostuvo el vaso de agua dulce que Grifo le ofreció. «¿Ha escuchado usted algo raro en las noches?». El farero la miró, receloso. Sacó un trozo de bacalao seco y comenzó a golpearlo con una maza. «¿Raro como qué?».

«Desde hace días una nube negra cubre la isla. ¿Es que acaso hay un volcán?». La amanuense hizo una pausa. «En el puerto de San Marcos dicen que aquí anidan cuatro dragones, que hubo un cementerio en tiempos del imperio y que las corrientes arrastran los barcos hundidos hasta sus acantilados», insistió hasta hacerle perder a Grifo la paciencia. «¡Los venecianos son todos unos borrachos... cazatesoros!». Aún con la maza en alto, el farero se tambaleó. Un estruendo sacudió la torre de lado a lado y la tierra emitió un rugido que reventó los cristales.

La amanuense maldijo su suerte. De tanto buscar a su padre en el inframundo, acabó por enfurecer a sus habitantes. En medio del temblor, sintió algo moviéndose en sus entrañas, un espasmo urgente que subió por su garganta. Ante los ojos del farero, escupió una sargantana negra, envuelta en una membrana de nácar, vidrio y sal. Al amanecer, nadó de regreso a la bahía con ella prendida del cabello.

Cantos de cisterna en la isla del doctor Schubert

También en la isla del doctor Schubert el cielo tenía aspecto de trapo sucio. Más que lloviznar, chorreaba el agua de una cubeta sobre la acera. Las tazas de los váteres dejaron de funcionar, el hedor se esparció por las calles del casco antiguo y los vientos de tormenta abrieron de par en par las puertas de la fachada sur de la catedral, la que da al mar. Los gritos de las furias arrancaron del pórtico las estatuas de las almas en pena, que se separaron de la piedra retorciéndose de dolor.

Tristán desentumeció sus patas. Durante el instante en que pierde la voz un insecto y una amanuense llega nadando desde una isla de dragones, atrincherado en lo alto de una grúa iluminada con bombillas de Navidad, un operario polaco escuchó los rugidos del archipiélago. Hipnotizado por los chillidos de las tres furias, sacó de su tartera un bocadillo de mejillones y dio un mordisco vigoroso al tentempié de media mañana.

Comió a dentelladas, comió con miedo, comió para aferrarse, para que el sonido de los gritos y gemidos no lo arrastrara. Cuanto más sacudía el estruendo las aguas, con más fruición devoraba las sobras de sus viandas. Se parecen la muerte por hambre y por miedo, el vértigo de una sepultura a la que la tierra jamás sepulta. El sinvivir de los ansiosos, el mal tiempo de los que no conocen otra guerra distinta a la propia. El polaco y su letrina. El feo oleaje de sí mismos.

Con las notas resultantes del roce de sus extremidades, Tristán enhebró una melodía. Si hubiese decidido arrojarse desde la grúa, aquella música lo habría sujetado como una red. La sonata del aposentador balear sacó al polaco de su bolsa de miedo y retumbó en el corazón de todos los hombres atados a una torre. Incluso Grifo pudo escucharla. El operario de la grúa se abrazó a sus rodillas. Hasta ese día no había experimentado, juntos, tanta belleza y tanto temor.

Atascada en su garganta, la bola de pan y molusco taponó el sumidero de las pesadillas que las furias despertaban a su paso. Justo en ese instante —¡no antes ni después!—, el operario apagó las luces navideñas de una grúa iluminada durante todos los días del año. La isla se sumergió en la confusión y la oscuridad. Liberadas del gabinete de los sueños, las venganzas de los habitantes de la isla asolaron el paseo marítimo. Se convirtieron en la sombra del jinete que galopa sobre una tierra baldía.

Segundo canto de cisternas

Según las bitácoras de los navegantes, una sucesión de rayos se repitió al mismo tiempo en varios lugares de la isla para anunciar el paso de las furias. Los adjetivos se despeñaron de las azoteas como hacen los anillos cuando ya nadie puede sujetarlos. La tormenta continuó dentro y fuera del invernadero del doctor Schubert, una ventisca sacudió los almendros, que perdieron sus flores hasta formar una alfombra blanca con olor a miel.

En medio de ese cielo de nubes rotas, los cantos de cisternas silenciaron los de las sirenas. Trastornadas por la víspera de rebajas, las lamias y ondinas escaparon hacia la avenida Ricardo III para cambiar sus faldas de pez por otras de serpientes en los grandes almacenes. Volvieron abatidas, porque no encontraron ninguna de su talla.

Mientras las mujeres con cola de pez recorrían las boutiques y las furias arrancaban a dentelladas el corazón de hombres y mujeres, el doctor Schubert subió al

Orient, el velero del joven capitán de Conrad. Vestía una levita de paño oscuro, una prenda severa y elegante, el caparazón de un hombre que alguna vez amputó moribundos. Provisto de niebla, zarpó en dirección al suroeste, la ruta que conduce a La Dragonera, el islote en el que nacen y mueren todos los fuegos del archipiélago.

Los habitantes de la isla se detuvieron en los pasos de cebra, asaltados por un llanto feroz y la añoranza de su niñez. Reaparecieron sus memorias en los bancos de los parques, y en las estanterías de los supermercados los precios de las etiquetas se borraron. Hechos de arena, los parroquianos se desmoronaron con el levante. Desaparecieron como las orillas de los ríos que desembocan en el mar.

Al tercer aviso de Costa Cruceros, la amanuense abrió los ojos. El regreso a nado desde La Dragonera había consumido sus fuerzas. Bajó a toda prisa a la bahía para comprar la prensa. Caminó sin zapatos sobre un tapete de sapos estrellados que habían caído del cielo. Volvió a casa sin periódicos, ni siquiera alcanzó a llegar al quiosco. Las medusas se replegaron en las vitrinas de las joyerías y las escamas de sal gruesa se disolvieron sobre los adoquines del paseo marítimo.

Ese día, las perdices se suicidaron y, como en la isla no hay fosa común, las subastaron en la lonja al amanecer. Fue así cuando, en la isla del doctor Schubert, la furia blasonó sobre un cielo de agua sucia mientras los monstruos susurraban sus embrujos y dos cruceros se hundían en un vaso de cerveza. La intérprete guardó sus mapas bajo la cama, metió a las dos lagartijas en su saco de perlas, lo ató a su muñeca y se zambulló en el mar. Nadó de nuevo en dirección a La Dragonera, dispuesta, esta vez sí, a cumplir su única y verdadera misión: visitar a los muertos y detener una guerra que ella misma había provocado.

Otras canciones de Marte

Una semana antes de la invasión de los recuerdos —la táctica militar por excelencia de los abisales—, el doctor Schubert se citó en un territorio de ultramar con Monteverdi, el compositor, violagambista y director del coro de San Marcos. Ordenaron dos copas de vino dulce que ninguno probó y se miraron durante una hora sin decir nada.

Cuando el compositor de los nueve libros de madrigales tomó la palabra para hablar de los recitativos de *La coronación de Popea* y avalar su conocimiento del Mediterráneo con el primer acto de su ópera dedicada a Orfeo, el berlinés bostezó. El héroe de Solferino quería otras partituras, marchas propicias para la paz ajena, un repertorio adecuado para espantar a los forasteros y los monstruos marinos que preparaban la campaña abisal.

En un pacto de caballeros, el madrigalista y el doctor Schubert acordaron fundar una filarmónica balear. El berlinés puso a disposición del compositor una sección de cuerdas con cuarenta y cuatro saltamontes dirigidos por Tristán, el aposentador y en su remota forma humana también violagambista y director de orquesta. Juntos enloquecerían a los visitantes, forasteros, serpientes de mar y cuantas criaturas decidieran desembarcar en sus dominios.

El italiano se concentró en los madrigales del amor y la guerra, sustantivos a su juicio intercambiables. La primera mitad de sus canciones, a seis voces, estarían dedicadas a las batallas; la segunda, a los asuntos de alcoba. Al conjunto de sus partituras las llamó *Otras canciones de Marte*.

Monteverdi las compuso inyectado por la ambición de belleza que persiguen los sordos, los ciegos, los ansiosos y los insatisfechos, los amputados y transformados en aquello que jamás sospecharon. Todos los que desean algo, todos quienes buscan lo que no existe, son capaces de crear para otros lo que, por hermoso o temible, no se concederían a sí mismos. Cuando escribió sus canciones de amor y guerra, el italiano lo hizo para interpretarlas en la catedral de la isla.

El islote del doctor Schubert albergaba el templo más hermoso de todo el archipiélago, el único en el que dos veces al año la luz enfrenta los rosetones de su nave central. Cada noviembre y febrero, a primera hora de la mañana, el sol obliga a las catorce columnas a soportar la belleza que producen dos cristaleras opuestas cuando se miran en línea recta. Ninguna vence sobre otra, se acoplan. Pensando en ellas escribió el italiano sus partituras de amor y guerra.

Una vez terminadas, interpretó sus canciones en la terraza de Schubert con una viola de gamba, mientras, en la orilla del paseo marítimo, una legión de insectos filarmónicos seguía las indicaciones de Tristán, que dirigió con el ímpetu que alguna vez derrochó en el foso de los mejores teatros del mundo. El italiano tocó con esmero, convencido de que cuando terminara su ejecución, el berlinés accedería a su deseo de estrenar la composición con una función extraordinaria durante el próximo solsticio de invierno.

Satisfecho con el resultado final del encargo, el doctor Schubert miró hacia la catedral sin pronunciar palabra. Nervioso ante el silencio de su cliente, el compositor se llevó las manos al cabello e intentó comenzar un alegato. El berlinés sacó del bolsillo de su levita una bolsa con cien gramos de escamas de las salinas sicilianas y doscientos más provenientes del salobral de Campos. La dejó sobre la mesa y bajó a su dormitorio sin despedirse.

Tarde o temprano, el italiano acabaría entendiendo que el trato había terminado.

Hic sunt dracones

Memorizó el mapa hasta imprimirlo como una membrana sobre sus pensamientos. Cuando pudo dibujarlo sobre la arena, emprendió el viaje. Atendiendo las lecciones de las ondinas y sirenas, hizo lo que Hércules con los establos. Aprovecharía los caminos de agua dulce que conducen a las orillas de La Dragonera y usaría su fuerza para adentrarse en el mar.

Extrajo las dos lagartijas negras de su bolsa de perlas: la que creció alimentada con sus pestañas y la que salió de su boca durante la noche de la tormenta. Sostuvo una en cada mano y se dejó guiar por sus extremidades. Las sargantanas darían las braceadas y ella las patadas.

Doce serpientes jóvenes rodearon su cintura. Se ataron a sus tobillos y subieron, enroscándose en sus piernas para devolver el cobijo que ella alguna vez les dio. Envuelta en su cinturón de escamas, se deslizó mar adentro, buscando abisales.

Se lo advirtieron los reptiles del archipiélago: a los dragones apenas se les entiende. El carbón de sus lenguas les impide hablar con claridad. Incluso al reír hacen daño. No caben en el mundo, y por eso se han resignado a vivir en un mar que se evapora con sus bostezos.

Si quería hablar con ellos, la amanuense tenía que valerse de su ceguera, la principal debilidad de su especie. Por eso se acercó dando rodeos, valiéndose de las pieles ajenas. Sumergidos bajo el océano, los dragones brillaron ante los ojos de la amanuense como estatuas de jade. Cada una de sus escamas resplandeció al contacto con la luz que taladraba el agua.

Las lenguas de las sargantanas que guiaban sus brazos hablaron por la suya y las escamas de su cinturón de doce crías de víbora camuflaron su piel lisa y sin asperezas, la convirtieron en un animal más de los que habitan el fondo del mar.

La belleza de los abisales provenía de la intensidad de su tamaño, del brillo que recubre sus cuerpos con aspecto de cordillera. Si del corazón de una ballena podían manar diez o quince galones de sangre, para comprobar la rotura en el pecho de un dragón sería precisa otra unidad de medición distinta a las yardas y los odres. Nadaban retozando. Al sacudir su cola, removían el agua hasta cinco o seis millas. Eran inmensos, como su deseo. Por eso la intérprete trepó a sus lomos. A gusto con el tacto rugoso de sus pieles y el roce de sus escamas, se deslizó en la lenta refriega contra una piel que pudiendo ser la de una roca, posee el atributo de la tibieza, el calor que emana de los seres a punto de arder. «Indiferentes a lo masculino o lo femenino, invitan al roce, a untarse como quien yace con un oleaje o una montaña cuando preside una bahía», escribió la intérprete en sus diarios.

Para probar que había navegado océanos buscando los restos de un capitán ahogado —así la presentaron las sargantanas a los abisales—, la amanuense desató la bolsa de perlas sujeta a su muñeca y las introdujo de golpe en su boca. Lamió y fue lamida con el vapor de agua que producen sus alientos y depositó bajo sus lenguas las cuarenta y ocho perlas de su amargura. La última, la número cuarenta y nueve, la reservó para sí.

Nada sabían los dragones acerca de los huesos de su padre, ni de los restos del Persiles. No les dieron el fuego para custodiar fantasmas, sino tesoros. Tampoco elegían sus guerras. Estaban conminados a ellas. Una canción lejana los ponía sobre aviso de una nueva y monótona contienda, la misma que libran siglo tras siglo contra los distintos dueños de la isla que el káiser concedió a Schubert. Así lo tradujeron las lagartijas y las serpientes.

Desprovista de sus perlas, que de nada servían para evitar una guerra declarada desde el inicio de los tiempos, la amanuense demoró el regreso a la isla de Schubert. Prefirió el juego a la verdad. Retozó en el fondo de un mar con el que otros sufren pesadillas. Pero... ¿quién puede concentrarse en la caída cuando le ha sido concedido el espectáculo del abismo? Sorbió su vértigo con calma y nadó en dirección al fondo oscuro de aquel océano.

Intentando alejarla de la oscuridad, las serpientes y las sargantanas tiraron en dirección contraria. El mayor peligro del inframundo lo sufren quienes no desean regresar. Arrastrada con fuerza por sus dos lagartijas y sus doce serpientes, alcanzó la orilla pensando en abisales. Vacía, sin respuestas y sin la convicción de poder encontrarlas, devolvió las sargantanas a los bosques de La Dragonera y desató las víboras de su cintura. «Poco quedaba por hacer en el mar de Schubert».

Antes de partir, la amanuense escuchó unos pasos nerviosos. Grifo había bajado a toda prisa desde el faro sur y corrió ladera abajo hasta alcanzarla. El farero metió sus manos de uñas largas en los bolsillos, extrajo una hebra de coral rojo y lo colgó de un mechón del cabello de la intérprete. Se miraron, sin decir nada. Ella se sumergió en la orilla y él permaneció con los pies hundidos en la arena. La vio alejarse nadando. Tal como le enseñaron las ondinas, la amanuense avanzó sacudiendo las piernas y abriéndose paso a puñetazos.

El asedio

Nada fue fortuito. La isla oscureció porque Schubert cortó el cableado del paseo marítimo con unas pinzas de cerámica. Haciéndose pasar por inspector e intendente balear, ordenó a todos los hosteleros que añadiesen más sal de la conveniente al pescado y que pelasen suficiente cebolla como para hacer llorar por una década a los forasteros que desembarcaban desde los cruceros. Nadie, excepto Tristán, lo reconoció.

Ayudado por las furias, Schubert sembró el caos y cosechó ramilletes de hielo. Él mismo provocó la huida de sus monstruos más poderosos, aunque jamás contempló que las tres beberían su caldo de perlas. Envenenadas por aquel suero, serían indestructibles, rejuvenecerían sus poderes y su rabia. Su ira desataría la del resto.

Los cantos de cisterna los provocó también el berlinés al clausurar las fuentes de la isla, taponar las cañerías con el pelo de todos los felinos del archipiélago y arrojar tierra a las piscinas climatizadas. Así se desharía de las ninfas de agua, que acabarían atrapadas en sus circunloquios sin que nadie fuese capaz de traducirlas. En lugar de medusas, eligió sapos para hacerlos llover durante siete noches seguidas hasta crear una alfombra viscosa sobre la que los turistas resbalarían y se partirían la cabeza.

Asediados por la calamidad, los forasteros olvidarían para siempre el recuerdo de un lugar que alguna vez encontraron hermoso. Toda conquista militar, lo sabía muy bien el cirujano por su experticia en la paz ajena, pasa por una fase de destrucción. Si los soldados del káiser eran capaces de hacerse volar una pierna para desertar con honor y evitar el combate, bien le estaría empleado a él sacrificar una parte de su paraíso para convertirlo en un infierno. De sus años en el quirófano, el doctor Schubert conserva los nervios de acero cuando de abrir en canal se trata.

Aun así, al berlinés le preocupaban más los forasteros que los monstruos. Es más fácil llegar a acuerdos con los abisales que con los invasores. Y con respecto a los mirones, nada satisfaría más su curiosidad que una tormenta en condiciones. Más que atacar, repelería, resolvió sentado ante su mesa de disección de mejillones. Confiaría su estrategia naval a Juana de Kermor, aquella joven que conoció dos siglos atrás disfrazada de muchacho en una expedición de geógrafos en el río Orinoco.

Schubert dio completa libertad a Juana, que era hábil en los golpes de efecto y llevaría su propia flota para ocuparse de los dragones, mientras él, héroe de Solferino y réplica del capitán Trotta, observaría desde su balcón con vistas al fin del mundo cómo las calamidades acabarían por disuadir a los viajeros y harían que los barcos enmendaran su ruta para hacerlos regresar por el mismo lugar por el que habían venido. Acordó con el madrigalista italiano interpretar las canciones de Marte un mínimo de ocho veces al día. Podía tocarlas tantas veces quisiera, siempre que consiguiera enloquecer a las gaviotas y los capitanes de cruceros.

Su verdadera y lenta batalla ya había comenzado y, para cerciorarse de arreglar cada desperfecto provocado en el futuro, los apuntó en su diario de invierno, en el renglón siguiente al aviso de dragones que escribió aquella mujer obsesionada con el inframundo. El resto del día lo pasó vigilando a las furias con sus prismáticos, mientras empujaba de un lado a otro dentro de su boca la perla que cayó junto a su zapato la noche del Savöy.

Las Juanas y la Flota Negra

Una vez que aceptó la oferta de Schubert para expulsar a los abisales de su isla, Juana de Kermor hizo llamar a la Leona de Bretaña, la pirata con la que compartía nombre y a la que recurría para los encargos más complejos. Se conocieron en el delta del Orinoco, mientras Kermor buscaba a su padre —un coronel del ejército francés extraviado en la selva amazónica— y la otra, la Leona, perseguía riquezas con las cuales financiar su ira. La de Bretaña estaba dispuesta a recorrer el mundo entero en barco con tal de vengar la muerte de su marido.

La primera vez que Kermor se topó con la bretona, había desembarcado en el golfo de Paria y navegado con sus barcos de velas rojas. Los geógrafos y marinos de la expedición del Guaviare la saludaron con miedo. Se refirieron a ella como Juana, la de la Flota Negra, por el color con el que hizo pintar sus barcos. La Leona de Bretaña quería que quien la viese venir supiera qué destino le aguardaba. A sus víctimas no les tomaría por sorpresa el ataque como sí le tocó a su marido, asesinado en una emboscada en Francia. Desde entonces, prometió no dejar vivo a ningún francés que se atravesara en su camino.

Las Juanas —la huérfana y la viuda— coincidieron en los puertos del Orinoco durante los trueques de esclavos y la venta de diamantes. La bretona llevaba barriles de vino que cambió por armas a la expedición donde viajaba Kermor. Los tripulantes la invitaron a remontar el río junto a ellos. Juana y su Flota Negra, que acumulaban ya diez años de navegación por el canal de la Mancha, se unieron con la excusa de escoltarlos, pero en realidad lo hicieron para vigilar muy de cerca quiénes viajaban y así asegurarse la rapiña para financiar el viaje de regreso.

Las dos Juanas acabaron encontrándose en el brazo del Casiquiare que desemboca en el río Negro. La joven Kermor llevaba el cabello corto, vestía de hombre y se hacía llamar Jean; la bretona marcaba cintura con un mandoble atado a sus pantalones de trapo y unas gruesas botas altas hasta la rodilla. Concentrada en no ser descubierta, la Juana francesa apenas pronunciaba palabra. Por eso la Leona nunca sospechó de su verdadera identidad. Ambas buscaban al mismo oficial: una porque era su padre; la otra para matarlo, por francés. Y aunque pudo, la bretona no lo hizo.

Desde entonces las unió una amistad áspera y vengativa. Por eso Kermor la convocó entre sus filas para ayudar a Schubert, antiguo cirujano del káiser. Después de librar peleas contra caimanes, piratas sinvergüenzas y otras malas bestias, serían capaces de afrontar cualquier combate. Según el trato propuesto por Schubert, las Juanas apaciguarían los mares y expulsarían a los dragones mientras el berlinés se dedicaba a borrar de belleza y atractivo hasta el último rincón de su isla, para deshacerse un tiempo de los forasteros, curiosos y advenedizos.

A la hora convenida, se encontraron en el puerto los tres. Schubert y las dos Juanas firmaron un acuerdo de guerra con la pluma de ónix que el doctor Schubert había reservado para los asuntos importantes. Al acabar la audiencia, la Leona se llevó la estilográfica al bolsillo e indicó a Schubert el camino de salida de su barco con un gesto brusco. El berlinés aceptó la afrenta, convencido de que morirían mucho más que dragones mientras las capitanas mantuvieran sus barcos fondeados.

Solferino

De pie frente a su armario, el doctor Schubert eligió el más grueso de sus abrigos de arponero y lo ajustó a su pecho tirando de las solapas. Se peinó el cabello con el hueso de un cetáceo incrustado en plata y dio forma a las puntas de su barba con un tenedor caliente. Se miró al espejo, complacido con el resultado, y pensó en los puentes que alguna vez derribó en sus días de capitán Trotta.

Salió de casa de madrugada para encontrarse con el rey de Redonda y su corte de cuarenta duques, que prestaron a Schubert ayuda económica y militar para defender su paraíso. Reunidos ante una mesa de cristal de Murano, repasaron los detalles del plan junto a las Juanas, que aseguraron tener el control del suroeste, la zona estratégica en el mapa que Schubert transcribió para ellas.

Kermor y la Flota Negra partirían con sus redes para capturar al menos dos de los cuatro dragones. Como gesto de gratitud, el berlinés ofreció uno de sus mascarones de proa, pero la Leona de Bretaña lo rechazó: los regalos de los marineros sin barco no tienen valor. Los duques garantizaron una tropa de refuerzo en caso de que las Juanas fracasaran en su intento y una flota auxiliar para evacuar la isla.

Disuelto el consejo de guerra, el doctor Schubert esperó, guarecido tras una ventisca de sal, a que llegaran las furias. Se presentaron las tres juntas, acompañadas de un remolino de agua que engulló todas las embarcaciones del puerto. Schubert sonrió: sus mascotas, incontrolables e imprevisibles como el diezmo de sus venganzas, habían cazado por él al más peligroso de los abisales.

Instruido por el rey de Redonda en el método de leer los pensamientos ajenos, el doctor Schubert puso en práctica sus nociones de interrogador. No paró hasta arrancar el último recuerdo de la memoria del monstruo marino. Con el dedo índice aún cubierto de sal, lo señaló hasta convertirlo en una cáscara de la que extrajo escamas de hielo seco y la confesión de un castigo antiguo.

Aun cubierta de múrices, aquella criatura había sido una mujer de hambre exagerada a la que los dioses condenaron a alimentarse tres veces al día. Debía absorber el agua del mar, tragándose cuanto flotara en sus aguas —peces, hombres o barcos—, y luego vomitarlo todo. Agotada tras siglos de espasmos, apenas podía ya destruir nada. Padecía el cansancio de los volcanes cuando están a punto de echarse a dormir.

Schubert metió las manos en los bolsillos de su abrigo de arponero y se dio la vuelta. Movió la perla de un lado al otro de la boca, sin tener aún del todo claro quiénes libraban cuál batalla. Él sabía que todos los seres únicos en su especie, cuando sienten llegar el fin de su vida, preparan una pira con plantas especiales a la que prenden fuego para rehacerse en cada incendio y prolongar así su fortuna o su maldición.

De espaldas a un monstruo cansado de serlo, el hombre que pudo ser Trotta se preguntó si no sería esta la reposición de la antigua batalla de Solferino, el combate que lo llevó al otro extremo del imperio y en el que debía cortar de nuevo las piernas del coronel Heuland. Aunque intentó distraer sus recuerdos, volvió a taladrarlo el grito seco de un hombre que soporta la misma amputación, siglo tras siglo, noche tras noche.

A diferencia de los soldados jóvenes que acuden ignorantes a la muerte, el doctor Schubert sabía que a todas las guerras las desencadena una tragedia minúscula que acaba en otra mayor. La transformación de una mujer en monstruo marino mata a quien la padece, pero cuando ella se mueve atada a su castigo, matará a todos los que encuentre a su paso. Arponeado por el dolor, se combate mejor.

Campanillas de invierno

La amanuense se presentó en el puerto al amanecer. Llevaba bajo la lengua la última de las cincuenta perlas de la bolsa que cayó al suelo la noche del Savöy; también el coral rojo de Grifo atado a su trenza. Al pie de la Flota Negra esperó a la salida del sol, que esa mañana iluminó sin ganas, como si tuviera dudas acerca del día que estaba por comenzar.

Aferrada a la cadena del ancla de la proa, trepó hasta la cubierta y se escondió junto a los cabos de labor. Cogió el saco con flores de campanilla de invierno mezcladas con virutas de cerilla y cristales rotos que había preparado el día anterior y lo guardó en un lugar de la cubierta donde pudiese recibir suficiente luz del sol. Ocupados en emborracharse, los marinos ni siquiera advirtieron su presencia.

De las Juanas, Kermor fue la primera en aparecer aquella mañana. Reunió a los cinco cartógrafos que había elegido para la expedición y dio instrucciones claras de no involucrarse más allá de la cortesía con la bretona ni su tripulación. Si todo salía según lo previsto, podrían repartirse el dinero a partes iguales una vez entregada la carta con las coordenadas exactas que permitiera localizar a los abisales. Si la bretona quería matarlos para aumentar su fama y su hacienda, eso era problema suyo. Ellos no harían nada más.

La Leona de Bretaña, que había dado buena cuenta de su whisky de malta la noche anterior, llegó una hora más tarde. Parecía sucia y achispada, como si la borrachera hubiese sacado a relucir toda la mugre de su cabello. El alcohol había exacerbado su euforia y fanfarronería. Con los brazos en jarra sobre la cintura, se jactó de haber ordenado a la luna que desviara su esfera y aseguró a sus tripulantes que podía modificar el rumbo de los vientos al gusto de sus placeres.

Al escucharla, uno de sus marinos soltó una risita. La bretona le hizo pagar la afrenta con cincuenta azotes que ella misma le propinó. Kermor fumó, a la espera de que la Leona acabara de desollar la espalda de su amante levantisco e insolente. La tarea la distrajo lo suficiente como para retrasar los planes dos horas más de lo previsto. Una vez que su socia castigó al impertinente con ímpetu, se incorporó junto a ella en el timón y recordó las principales coordenadas a las que debían atenerse.

La bretona parecía repentinamente lúcida y centrada. La brutalidad le había espantado la borrachera. Cuando alcanzaron velocidad, la intérprete hizo un doble nudo al saco de campanillas de invierno, se deslizó por el tajamar y se abrazó con fuerza al mascarón de proa que la Leona de Bretaña había hecho pintar de negro. Si el viento mantenía su intensidad y el sol la altura precisa, conseguiría el efecto lupa.

La luz del faro de Grifo permanecía encendida para atraer a las furias y sacarlas del archipiélago en dirección al sur. La posibilidad de que el engaño diera resultado era remota. Bien lo sabía el farero: a los seres rotos hay que temerlos por el tamaño de sus heridas, y en los dominios del doctor Schubert habían coincidido tres furias encerradas por siglos, cuatro dragones, una viuda y dos huérfanas. Poca fortuna podía salir de aquella coincidencia.

Confundidos con sus propios cálculos, los cartógrafos de Kermor demoraron en dar con el lugar exacto de los abisales. La Leona de Bretaña y sus marinos se desplegaron con la intención de arrojar las redes sobre los dragones una vez que estos quedaran a la vista. Un temblor del agua delataba su nado. «Estaban ahí, solo era cuestión de provocarlos», pero Kermor se negó. Eso les crearía problemas. Los contratiempos y desacuerdos favorecieron los planes de la amanuense.

Bajo el intenso sol del mediodía, los cristales prendieron dentro del saco de cerillas. El atado sirvió para encender la mecha de los otros dieciséis que ella misma había dispuesto la noche anterior en el barco de la Flota Negra: diez en la bodega y seis más en la arboladura. Las velas rojas ardieron a toda prisa, avivadas por el viento salado. El aroma de las campanillas se esparció sobre la cubierta, una nube espesa y sedante que adormeció a los tripulantes de la Flota Negra, abrazados a sus arpones en una larga siesta de paz y postración.

El episodio aún se recuerda en algún corrillo de marinos maledicentes. Derrotadas como unas novatas, las Juanas se despertaron en la orilla sin saber cómo su barco se había hundido ni cómo ellas habían perdido el control. Los abisales seguían ocupando sus posiciones en el mar de Schubert y una espesa nube de alcaloides permaneció amarrada al cielo del archipiélago durante los días de vergüenza de las mujeres más temidas del Adriático, hasta entonces.

Sal y sueño

Todo salió mal. Cansados de sí mismos, los abisales se tumbaron en una zanja a tomar el sol. Absorbieron la luz necesaria para brillar como linternas en el fondo del mar. En la orilla de la isla del doctor Schubert, cuarenta y nueve perlas y la astilla de un coral rojo se desplegaron junto a los restos de un barco que ardió antes de ser atacado. Nadie recuperó su forma humana, ni siquiera Tristán. Grifo continuó vigilando y el compositor italiano no llegó a interpretar sus canciones para el solsticio de invierno dentro de la catedral. Despistadas por las luces del faro, las furias confundieron las corrientes del Adriático con las del Atlántico y abandonaron el archipiélago dejando tras de sí una tormenta.

El libro escrito solo con finales

La primera mañana de la era de paz, el doctor Schubert desayunó una fresa grande, roja y carnosa. La cortó en trocitos con un bisturí de plata, como si en lugar de comerla prefiriese desollarla. Cuando acabó con el último pellejo, retiró el plato y sacó de su biblioteca el libro escrito solo con finales. Leyó con la perla dentro de la boca.

En el archivo balear permanecieron los diarios de la intérprete de las lamias, ondinas y sirenas. De aquellos legajos se desprendieron las páginas impares de un diario mutilado y la leyenda de una mujer que provoca huracanes cuando bosteza. Nadie jamás la dio por viva o muerta. Se sabe, por algunos navegantes, que la intérprete aún busca bajo las piedras de todos los mares el cuerpo de un marino ahogado y la piel de un berlinés que alguien sueña, noche tras noche, en el vestíbulo del Savöy.

Atrapados en el paso previo al naufragio o el incendio, Schubert y sus criaturas viven en el diario que alguien dedicó a su existencia. Juntos forman el atlas que conduce al archipiélago al que acuden los dragones para desovar el fuego y en el que un hombre que pudo ser el héroe de Solferino congela el mundo con sus silencios al pie de los acantilados y devuelve las hojas caídas a las ramas de los árboles. De aquellos papeles nació *La isla del doctor Schubert*, el mapa de un mar tibio y espeso, una historia larga y antigua que aún lame la arena de un islote con forma de dragón.

Índice

HIC SUNT DRACONES

(EPISODIOS DE UNA GUERRA ABISAL)

Este libro
acabó de imprimirse
en Valladolid
en febrero de 2023